물뿌리개 하늘

물뿌리개 하늘

초판 1쇄 발행 2010년 6월 25일
      3쇄 발행 2014년 7월 31일

펴낸곳 루덴스 · **펴낸이** 이동숙 · **지은이** 윤동주 외 · **그림** 소연정
엮은이 박정익 · **디자인** 모현정

출판등록 2007년 4월 6일 제16-4168호
주소 서울시 강남구 도곡1동 957-11 극동스타클래스 307호 · 전화 02-558-9312(3) · 팩스 02-558-9314

값 9,000원 · ISBN 978-89-93473-28-5 73810

물뿌리개 하늘

윤동주 외 지음
박정익 엮음 소연정 그림

데룬스

비는 벌거숭이 아이의 오줌이 아닐까

전병호 (시인, 군문초 교장)

　자다가 몹시 오줌이 마려웠나 봐요. "궂은 비 내리는 가을 밤/벌거숭이 그대로/잠자리에서 뛰쳐나와/마루에 쭈그리고 서서/아인 양하고/쏴─ 오줌을 싸오."라고 쓴 윤동주 시인의 「가을밤」을 읽으면 나도 모르게 웃음이 나와요. 혹시 가을밤에 내리는 궂은비는 구름 위에서 벌거숭이 아이가 자다가 일어나 누는 오줌이 아닐까요?

　"하늘은 요즘/건망증이 심해졌나 봐요//어제 틀어놓은 빗물/오늘도 잠그지 않고/줄줄줄/그냥 틀어놓았지 뭐예요"라고 쓴 한현정 시인의 「장맛비」를 읽으면 비가 마치 꼭지를 마음대로 잠그고 여는 수돗물 같다는 생각이 들기도 해요. 꼭지를 꼭 잠그지 않았기 때문인지 비가 계속 오고 그래서 "어쩌면/우리 집도 우리 동네도/잠겨버리는 건 아닐까요?" 하고 걱정을 하게 되니까요.

먹구름과 비구름이 싸우다가 진 편이 쓰러져 우는 것이 비가 오는 것으로 표현한 시도 있어요. 이상교 시인은 「싸움」이란 시에서 "번쩍-버언쩍!/꽈르릉 꽈르릉-우르릉 꿍꽝!" 하고 천둥 번개를 실감나는 소리시늉말로 나타낸 뒤 "좍좍좍 소리내며/막 운다."라고 한 것을 보니 몹시 세차게 내리는 비인가 봅니다.

이처럼 '비'를 글감으로 시를 썼지만 내용은 모두 다릅니다. 왜 그럴까요? 그것은 비를 보고 느끼는 생각과 감정이 각각 다르기 때문이지요. 이것이 이 시집의 특징입니다. 글감은 같아도 시인의 개성에 따라서 어떻게 다르게 나타나는지를 작품을 통해 실제로 보여줌으로써 어린이들의 생각을 넓고 다양하게 열어주고자 하는 것이지요.

혹시 이 시집을 읽으면서 '아하, 나도 이런 생각을 한 적이 많은데!' 또는 '나도 이런 경험을 해 보았는데!'라고 생각한 시가 많지 않았나요? 그래서 지금 내가 비를 글감으로 시를 쓴다면 '시인이 먼저 썼기 때문에 나는 쓸 것이 없는 것' 처럼 생각이 들지도 몰라요. 정말로 그럴까요? 절대 그렇지 않답니다. 어린이들은 어린이의 눈으로 보고 듣고 느낀 '다른 좋은 시'를 얼마든지 쓸 수 있어요. 다만 아직도 내 생각과 느낌을 콕 집어내지 못하고 있을 뿐이어요. 그러니까 어떻게 해야 할까요? 나만의 생각과 느낌을 찾아내도록 열심히 노력하는 것이 필요해요. 예를 더 들어볼까요?

"빗속에서/우산을 펴면/우산이 활짝 얼굴을 펴고 웃는다"(이준관, 「우산」)

"우리 외삼촌/데이트 나간다//비 온다고/문 앞에서/우산을 고른다"(한선자, 「우산 고르기」)

"비 오는 날/우산 속에서//엄마는 날 보고 웃고/나는 엄마 보고 웃고"(양인숙, 「엄마와 둘이」)

"우산을 쓰고/집에 오는 길이/십 리도 더 되는 것 같다//이럴 때/종민이와 함께 왔다면/참 좋았을 걸."(노원호, 「비 오는 날」)

네 편의 시는 모두 우산을 글감으로 하고 있어요. 그렇지만 시의 내용은 모두 다르지요. 시적 재미도 각각 달라요. 우산에 대한 생활 경험과 생각과 느낌이 각각 다르기 때문이어요. 그래서 어떤 글을 쓰더라도 내가 직접 보고 듣고 겪은 생각과 느낌을 나만의 방법으로 표현하는 것이 중요해요. 시를 읽을 때도 이 점을 주의 깊게 살피면서 읽으면 좋겠어요.

비 오는 날을 주제로 한 44편의 시!

장마철이나 비 오는 날, 밖에서 맘껏 뛰어놀 수 없는 어린이들의 친한 친구가 되기를 바래요. 그럼으로써 어린이들이 다양하게 생각하는 방법을 깨닫고 나아가서는 상상력도 풍부하게 기르게 되었으면 좋겠어요.

차례

제2부 **물뿌리개 하늘**

제3부 소나기

제5부 비갠아침

제1부

꽃비

봄비

강소천

봄비는 새파란 비지,
금잔디 물들이는 고오운 비지.

봄비는 새파란 비지,
버드나무 물들이는 고오운 비지.

빗방울의 발

이상교

바닥으로 떨어지는
소리만
들어 보아도
나는 알지.

빗방울 방울마다
우리 눈엔 보이지 않는
발 한 개씩을 달고 있다.

*5학년 수록 동시(7차)

또닥또닥, 똑똑똑, 탁탁탁,
투덕투덕……
발소리.

드디어 증거를 찾아냈다!

화분 궁둥이 궁둥이마다
흙이 잔뜩 튀었다.
비 온 지난 밤 사이
발로 탕탕탕 물탕을 튀기며
돌아다녀서.

맨발로 탕탕탕
돌아다녀서.

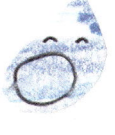

여우비

박목월

땅볕 나는 대로
오는 비
여우비

시집가는 꽃가마에
한 방울 오고
뒤에 가는 당나귀에
두 방울 오고

오는 비
여우비
쨍쨍 개었다

봄비

김미영

아직 춥다고
흙 이불 속에서
꼼지락거리는
꽃씨에게
톡톡
꿀밤을 줍니다

꽃비

김사림

먼 산에
꽃비
비그르르 돌아

마을에
내려서
살구꽃 된다.

살구꽃
환한 마을을
비그르르 돌아

뜨락에 내려서
나비가 된다.

먼 산에 꽃비
내 눈 속에 꽃비.

꽃모종

권태응

비가 촉촉 오네요,
꽃모종을 합시다.

삿갓 쓰고 아기들
집집마다 다녀요.

24 물뿌리개 하늘

장독 옆에 뜰 앞에
알록달록 각색 꽃.

곱게 곱게 피며는
온 집안이 환해요.

봄비

롱스톤 휴즈

봄비가
간지럽게 입술에 입 맞추네
봄비가
은젓가락으로 톡톡 머리를 치네
장난꾸러기 봄비
잠 잘 때면 자장가로 들을 수 있을까

봄비가
길에다 조그만 연못을 만드네
그리고는
연못 속에서 기타를 치네
장난꾸러기 봄비
빨간 지붕에선 피아노를 두드리네

이래서
나는
봄비를 좋아하네

보슬비의 속삭임

강소천

나는 나는 갈 테야, 연못으로 갈 테야
동그라미 그리러 연못으로 갈 테야

나는 나는 갈 테야, 꽃밭으로 갈 테야
꽃봉오리 만지러 꽃밭으로 갈 테야

나는 나는 갈 테야, 풀밭으로 갈 테야
파란 손이 그리워 풀밭으로 갈 테야

봄비는 간질간질

이준관

아이에게
나무에게
말을 하고 싶어서
입이 간질간질

꽃밭을
들길을
걷고 싶어서
발이 간질간질

빗방울

권오삼

어, 어
나뭇잎 위에 떨어졌네!

그럼
또르르
구슬 되어 굴러가지

어, 어
빨랫줄에 걸렸네!

*4학년 수록동시(2007 개정)

그럼
어디 한번
매달려 볼까

대롱대롱대롱대롱

아이고
힘 빠졌다
톡.

제2부

물뿌리개 하늘

첫 봄비

권오순

버들강아지 젖 먹었다
복실복실 살 오르고
실실이 늘어진 수양버들
봄 피리 불라고 물 오르고.

나리나리 개나리 꽃봉올
노오란 빛 짙어지고
사철나무 검은 옷 벗고
푸른 새옷 갈아 입었다.

양지짝 잔디 싹이
파란 머리 살짝 내밀어
봄 왔나 구경하고…….

물뿌리개 하늘

김용섭

봄비 오는
하늘은 물뿌리개지

땅 속의
씨앗만큼
꼭 그 수만큼

*3학년 수록 동시(7차)

갖가지
씨앗만큼
꼭 그 크기만큼

뚫린 물구멍
고른 물구멍

비오는 날

유희윤

낡은 구두는
젖은 발이 안쓰럽습니다

젖은 발은
새는 구두가 안쓰럽습니다.

*5학년 수록 동시(7차)

소

윤석중

아무리 배가 고파도
느릿느릿 먹는 소.

비가 쏟아질 때도
느릿느릿 걷는 소.

*2학년 수록 동시(7차)

기쁜 일이 있어도
한참 있다 웃는 소.

슬픈 일이 있어도
한참 있다 우는 소.

초가집 낙숫물

이희철

사르륵

사알짝

물방울 아기들.

초가집

지붕 위에 모여와서

미끄럼 탄다.

퍼르륵

퍼얼쩍

물방울 아기들.

*3학년 수록 동시(7차)

초가집
추녀 끝에 모여서서
뜀질을 한다.
투루룩
투욱 툭
물방울 아기들.

댓돌 밑에
모여 앉아
옹달샘 판다.

비

백석

아카시아들이 언제 흰 두레방석*을 깔었나
어데서 물쿤** 개비린내가 온다

*두레방석: 짚이나 부들 따위로 둥글게 엮은 방석
**물쿤: '물큰' 의 평안북도 방언

기왓장 내외

윤동주

비오는 날 저녁에 기왓장 내외
잃어버린 외아들 생각나선지
꼬부라진 잔등을 어루만지며
쭈룩쭈룩 구슬피 울음웁니다

대궐지붕 위에서 기왓장 내외
아름답던 옛날이 그리워선지
주름잡힌 얼굴을 어루만지며
물끄러미 하늘만 쳐다봅니다

비가 오시네

전병호

농부 아저씨는 비에게도
존댓말을 쓰지요.

"단비가 내리시네.
쌀비가 내리시네."

온종일 마른 논에 가서

조용히 오시는 비.

빗방울과 물웅덩이

이성자

장난치기 좋아하는

빗방울들

두두두

뛰어다니다가

우산 끝에 대롱대롱

매달리다가

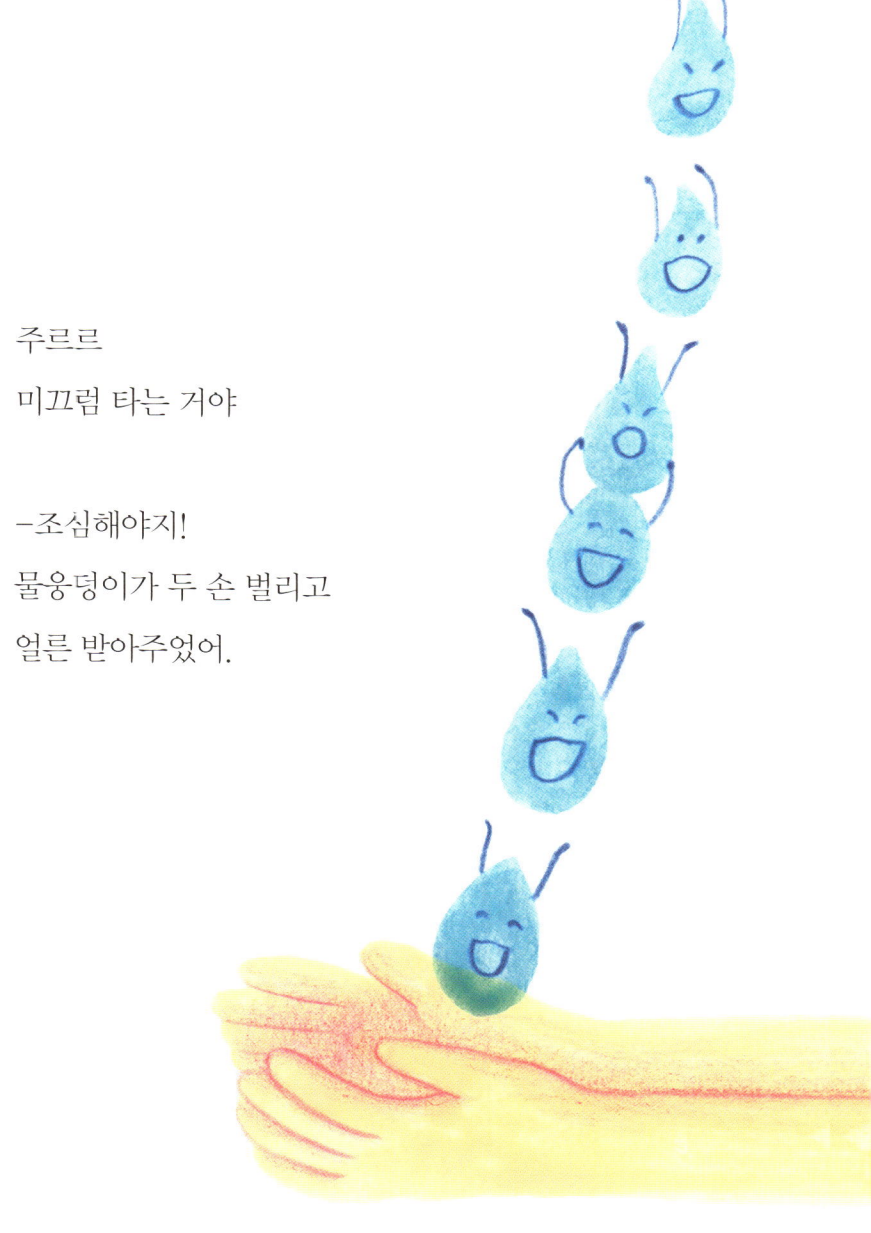

주르르
미끄럼 타는 거야

−조심해야지!
물웅덩이가 두 손 벌리고
얼른 받아주었어.

땅 따먹기 물 따먹기

김경문

학교길 우산들이
빨강 파랑 노랑
동그라미 그리며
땅 따먹기 합니다.

연못위에 빗방울

퐁퐁

동그라미 그리며

물 따먹기 합니다.

산비

백석

산뽕잎에 빗방울이 친다
멧비둘기가 난다
나무등걸에서 자벌기*가 고개를 들었다 멧비둘
기 켠**을 본다

*자벌기: 자벌레
**켠: 쪽

제3부

소나기

소나기

신형건

세찬 소낙비 한 줄기
지나가고
해가 나자마자 또
소나기 쏟아진다

넓적한 호박잎에
쨍쨍
쏟아지는 햇볕 소나기!

꿀꺽꿀꺽

그 햇볕 받아 마시는 소리

들린다

호박잎 그늘 아래

애기 주먹만한

애호박

단숨에

축구공만큼 커지겠다

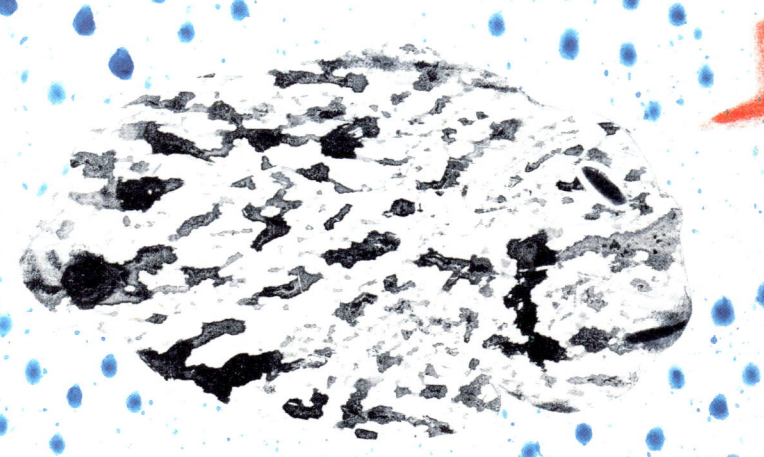

싸움

이상교

번쩍 – 버언쩍!
쫘르릉 쫘르릉 – 우르릉 꽝꽝!
먹구름, 비구름
싸움이 붙었다.

*3학년 수록 동시(2007 개정)

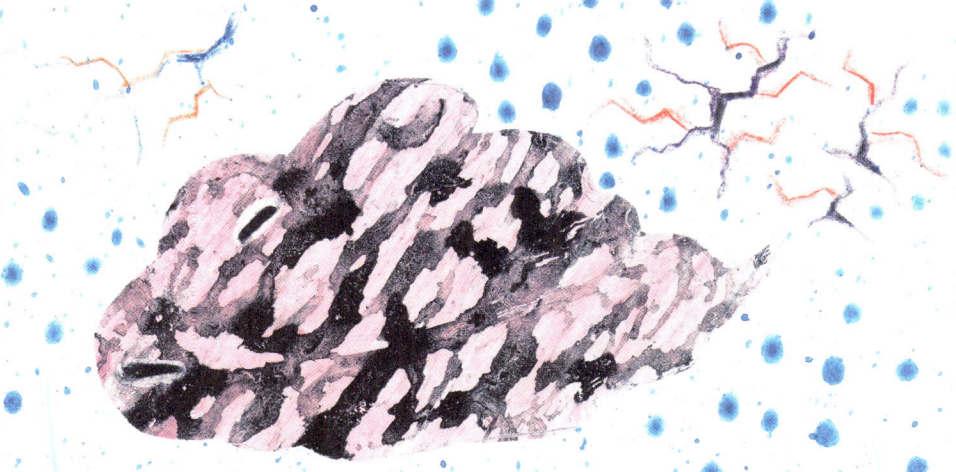

진 편은 쓰러져
운다.
좍좍좍 소리 내며
막 운다.

장맛비에게

김은영

장맛비야 그만 와라
식구 많은 우리 집
방 안에 빨래가 가득 찼다.

장맛비야 그만 멈춰라
날마다 옷이 젖어
이제 갈아입을 옷 없다.

장맛비야 제발 가라
날마다 찾아오는
너를 보기 귀찮다.

장맛비야 좀 쉬어라
방학 때는 오지 마라
너도 방학 좀 해라.

천둥은

이혜영

"나 내려간다!"
비가
세상에 알리는 기척.
옛날, 할아버지
방문 앞에서 하시던 헛기침 같은 것.

개미는 문단속 잘하고
병아리는 엄마 품에 숨고
빨랫줄에 마른 빨래는 얼른 걷히고
풀잎들은 어깨를 낮추고.

"자아, 나 내려간다!"
우르르
천둥이 울린다

비 오는 날

심후섭

비 오는 날
우리 교실은
커다란 나룻배였으면

오른쪽 창가의
웅이와 순이는
오른손으로

*4학년 수록 동시(7차)

왼쪽 창가의

식이와 영이는

왼손으로

철벙철벙

노를 저어

집까지 갔으면……

비 한 방울

맞지 않고

집까지 갔으면……

소나기

정문규

후두두, 후두두
몰려다니다

이놈들, 이놈드을
야단맞으면

어느새 사라지는
친구들 얼굴

가을밤

윤동주

굵은비 내리는 가을밤
벌거숭이 그대로
잠자리에서 뛰쳐나와
마루에 쭈그리고 서서
아인 양하고
솨 - 오줌을 싸오.

장맛비

한현정

하늘은 요즘
건망증이 심해졌나 봐요

어제 틀어 놓은 빗물
오늘도 잠그지 않고
줄줄줄
그냥 틀어 놓았지 뭐예요

이러다가 어쩌면
우리 집도 우리 동네도
잠겨 버리는 건 아닐까요?

우리 엄마는 항상
물 쪼꼭 잠그라고
잔소리 하는데

아마도 하늘은
그런 엄마가 없나 봐요

그래서 자꾸만 자꾸만
잊어버리고 있나 봐요.

제4부

우산 고르기

버섯

김종상

임자 없는 우산이
산골 길에 서 있네.

더운 날 달팽이가
한나절
쉬다 가고,

비 오는 날
개미가
비를 피하고,

산골 길에 서 있네.
임자 없는
우산이.

우산

이준관

빗속에서
우산을 펴면
우산이 활짝 얼굴을 펴고 웃는다

우산을 갖고
엄마 마중을 가는 날

우산을 돌리면
우산이 빙글빙글 자꾸만 웃는다
빗방울도 까르르깔깔 자꾸만 웃는다

*3학년 수록 동시(7차)

우산 고르기

한선자

우리 외삼촌
데이트 나간다

비 온다고
문 앞에서
우산을 고른다

엄마는 큰 우산 가져가라
큰삼촌은 작은 우산 가져가라

할머니는 중간 우산 가져가라
한 마디씩 거든다

데이트 잘 하려면
우산 크기도 중요하단다

우산 속 데이트가
궁금해진다

할까 말까

이혜영

소나기 왔다갔다
변덕스런 날,
멋쟁이 우리 누나
우산, 가져갈까 말까
나뭇잎 뒤 매미는
노래 부를까 말까.

해님이 울었다 웃었다
변덕스런 날
종종걸음 우리 엄마는
빨래, 널까 말까
꽃밭의 꽃들
웃을까 말까

엄마와 둘이

비 오는 날
우산 속에서

엄마는 날 보며 웃고
나는 엄마 보며 웃고

우산 끝
빗방울들이
우릴 보려고

대
  롱
대
  롱

비 오는 날

노원호

비가 온다
가랑가랑
가랑비가 온다.

우산을 쓰고
집에 오는 길이
십 리도 더 되는 것 같다.

이럴 때
종민이와 함께 왔다면
참 좋았을걸.

우산 속에서
도란도란 얘기도 하고
어깨를 맞대고
빗소리도 듣고

지금쯤 종민이는
비를 맞고 올까

어쩐지
우산 속이 텅 빈 것 같다.

우산은 알고 있다

신천희

우산은 내가
누굴 좋아하고 미워하는지
다 알고 있다

좋아하는 친구와
같이 쓰면
내 어깨가 젖도록 기울고

미워하는 친구와
같이 쓰면
그 친구 어깨가 젖게 기운다

제5부

비 갠 아침

해비

윤동주

아씨처럼 내린다
보슬보슬 해비
맞아주자, 다 같이
옥수숫대처럼 크게
닷 자 엿 자 자라게
해님이 웃는다
나 보고 웃는다

하늘 다리 놓였다
알롱달롱 무지개
노래하자, 즐겁게
동무들아 이리 오나
다 같이 춤을 추자
해님이 웃는다
즐거워 웃는다

달팽이와 놀아나다

어딜 가니

몰라

멀리 가니

모올라

가기는 가니

(!!)

비 갠 아침 95

싸리비

어효선

비 끝에서 향내 난다.
꽃잎을 쓸어
이슬비 소올솔
뿌린 날 아침

앞마당에 떨어진
꽃잎을 쓸어
비 끝에서 향내 난다.
우리 싸리비.

비 끝에서 풋내 난다.
나뭇잎 쓸어
소낙비 좌악좍
내린 날 저녁

뒷마당에 떨어진
나뭇잎 쓸어
비 끝에서 풋내 난다.
우리 싸리비.

할아버지

정지용

할아버지가
담뱃대를 물고
들어 나가시니
궂은 날도
곱게 개이고

할아버지가
도롱이*를 입고
들어 나가시니
가문 날도
비가 오시네

*도롱이: 짚이나 띠풀로 엮어 만든 비옷

붙어서 가자

이종택

가랑비가 멎었다
내 짝하고
학교에서 돌아가는 길

비는 멎었지만
우산은 접지 말고
붙어서 가자
붙어서 가자

우산 끝에
빗물도
나란히 나란히

*3학년 수록 동시(7차)

하느님에게

박두순

때 맞춰 비를 내리시고
동네 골목길을
청소해 주셔서 고마워요.

그런데 가슴 아픈 일이 있어요
개미네 집이
무너지는 것이지요.

개미네 마을은
그냥 두셔요.

구석에 사는 것만 해도
불쌍하잖아요
가끔 굶는다는 소식도 들리는데요.

무지개

박경종

지나가던 소나기가
놓고 간 다리

아롱다롱 일곱 색이
곱기도 하다.
누구를 건너라고
놓은 다릴까?

하늘나라 선녀들을
건너랬을까?

*4학년 수록 동시(7차)

아냐. 아냐, 선녀 건널
다린 아니야.

선녀들이 곱게 곱게
짜 논 비단에

지나가던 소나기가
심술 피워서

햇볕에 사알짝
말리는 거야.

비갠아침

어효선

오랫동안 오던 비가 개었습니다.
햇빛이 내리쬐어 눈부십니다.

학교 길로 아이들이 몰려갑니다.
모두들 방글방글 웃고 갑니다.

진흙길에 맑은 물이 괴었습니다.
물 속에 하늘이 잠겼습니다.

하늘이 바다처럼 파랗습니다.
잠자리가 머리 위로 날아갑니다.

부록

해설

그린 이의 말

작가 소개

도경아, 붙어서 가자

한현정 (시인, 논술교사)

　우리 아파트에는 도경이라는 여자아이가 있어요. 초등학교 3학년인데 약간은 뇌성마비 증세가 있는 아이지요. 매일 웃고 다녀서 아이들이 놀리기는 하지만 무척 귀여운 아이랍니다. 그런데 봄비가 내리던 날 아침이었어요.

　"우산이 왜 이러노? 어허엉~"

　밖에서 들려오는 소리에 누가 아침부터 울면서 갈까 궁금했어요. 낮은 층이라 베란다에서도 도경이가 다 찢어진 우산을 쓰고 울고 있는 모습이 잘 보였어요. 게다가 바람이 불어 우산이 뒤집어지기까지 했어요. 학교 갈 준비를 하고 있던 초등학생 딸도 그 모습이 안타까웠나 봐요. 잠시 후 연잎 같은 우산을 딸과 도경이가 나란히 쓰고 가더군요. 그 모습이 이 책에 실린 동시 「붙어서 가자」(이종택)에 나오는 아이들과 꼭 닮았어요.

여러분은 비가 오는 날이면 어떤 일을 겪나요? 구두나 운동화가 찢어져 발이 젖었던 일(유희윤, 「비 오는 날」) 아니면 우산을 가져갈까 말까(이혜영, 「할까 말까」) 어떤 우산을 고를까(한선자, 「우산 고르기」) 고민했던 일, 비가 계속 와서 방 안에 빨래가 가득 찼던(김은영, 「장맛비에게」) 일들이 떠오르지 않나요?

비는 종류도 다양해요. 땡볕 나는 대로 오는 여우비(박목월, 「여우비」) 세찬 소낙비 한 줄기 지나가고 쏟아지는 햇볕 소나기(신형건, 「소나기」), 싸리비 끝에서 향내가 나도록 소올솔 뿌린 이슬비(어효선, 「싸리비」)처럼 심심하게 내리는 비는 하나도 없어요.

비 오는 날은 자연과 대화를 나누는 날이기도 해요. 맨발로 탕탕탕 물탕을 튀기며 돌아다니는 빗방울과도(이상교, 「빗방울의 발」) 아직 춥다고 흙 이불 속에서 꼼지락거리다가 봄비에게 꿀밤을 맞는 꽃씨와도(김미영, 「봄비」) 이야기를 나누지요. 아이에게 나무에게 말을 하고 싶어서 입이 간질간질한 봄비와도(이준관, 「봄비는 간질간질」) 우산 끝에 대롱대롱 매달리다가 주르르 미끄럼을 타는 빗방울을 두 손 벌리고 얼른 받아주는 물웅덩이와도(이성자, 「빗방울과 물웅덩이」) 이야기를 나눌 수 있는 날이지요. 그래서 농부 아저씨는 "단비가 내리시네, 쌀비가 내리시네."(전병호, 「비가 오시네」) 비에게도 존댓말을 쓰시나 봐요.

동시집 『물뿌리개 하늘』은 교과서에 실려 있는 비에 관한 동시를 비롯하여 어린이 여러분의 마음을 단비처럼 촉촉하게 적셔 줄 아름다운 동시들로 가득합니다. 책을 펴는 순간 아름다운 그림에서 마른 땅을 톡톡 두드리는 비의 향기가 나는 것 같았어요. 많은 동시집을 봐왔지만 이렇게 비에 대한 동시들로만 만들어진 책은 드뭅니다. 그래서 지난번 학교를 주제로 루덴스에서 펴낸 동시집 『우리 선생 뿔났다』도 다시 찾아보게 되었어요.

비는 땅 속의 씨앗들에게 물뿌리개 하늘이 주는 고마운 선물이랍니다. 어린이 여러분도 세찬 소낙비 한 줄기 꿀꺽꿀꺽 받아 마시고 자라는 생명의 소리에 귀 기울여 보세요.

마지막으로 우리 동네 도경이처럼 비 오는 날 혼자 가는 친구가 있다면 우산을 나란히 쓰고 붙어서 가 보세요. 도란도란 이야기를 나누는 사이에 비가 주는 또 하나의 소중한 선물을 깨닫게 될 테니까요. 그러고 보니 비는 정말 가진 것이 많은 친구였군요!

우리, 단비가 되자

이성자 (시인, 광주대 문예창작과 교수)

　밖을 보세요. 지금 비가 와요.

　온 들판에 비가 와요. 보슬보슬 속삭이며 잠자는 꽃씨들을 깨우고, 나뭇가지도 어루만져요. 늦잠꾸러기 꽃씨들은 고개 쏙 내밀고 밖으로 나와요. 나뭇가지들도 고맙다며 인사해요. 달팽이와 지렁이가 마중 나와요.

　비가 와요. 살지락살지락 와요.

　여기저기 맨발로 걸어 다녀요. 꽃밭으로, 잔디밭으로, 유리창으로, 지붕 위로 걸어 다녀요. 장난꾸러기처럼 간질이며 돌아다녀요. 꽃들이 하르르 웃고, 풀잎들이 소소소 웃어요. 개구리들도 따라 웃어요.

　비가 와요. 후두두 뛰어다녀요.

　장난꾸러기처럼 미끄럼틀 위를, 우산 위를, 지붕 위를

후두두 뛰어다녀요. 놀이터에서 미끄럼 타요. 어디라도 대롱대롱 매달려요. "떨어지면 어쩌려고?" 걱정이에요. 연못은 비가 다칠까 봐 얼른 받아주어요.

비가 와요. 쏴쏴쏴 비가 와요.

갑자기 쏟아지는 게, 하늘은 물뿌리개인가 봐요. 틀어 놓은 빗물을 잠그지 않았나 봐요. 달팽이들은 집까지 짊어지고 어디 가고 있어요. 지렁이도 나와서 기어가요. 소나기가 놓고 간 무지개다리 건너고 있어요. 먼 곳에 사는 친구 만나러 가는 걸까요? 그 뒤를 송아지도 느릿느릿 따라가요.

비가 와요. 단비가 와요.

졸졸졸 마른 길바닥으로 흘러가요. 꽃들과 나무들이 물을 먹어요. 지붕도 오랜만에 세수해요. 놀이터에는 물웅덩이가 생겨요. 신바람이 난 아이들이 첨벙첨벙 물장난을 치고, 물웅덩이에 내려앉은 하늘을 훌쩍훌쩍 잘도 건너요.

아이들이 놀고 있는 사이에 새싹들이 쑥쑥 자라요. 산에 사는 버섯도 커다란 우산이 되었어요. 벌레들이 좋아해요. 나무도 쑥쑥 자라요.

비가 와요. 동시 속에도 비가 와요.

동시 읽으며 만나는 비는 모두가 달디 단 단비어요.

아이들은 비가 들려주는 갖가지 이야기 들으며 쑥쑥 자라요. 몸도 마음도 함께 자라요. 그동안 닫혔던 마음이 활짝 열려요. 누구와도 손잡고 함께 놀 수 있어요. 포근히 안아 줄 수 있어요.

언제라도 소나기가 놓고 간 무지개다리 건너며 남과 북을 오갈 수 있어요. 오늘은 활짝 웃으며, 다함께 남쪽 친구 북쪽 친구 큰소리로 불러 봐요.

"단비 온다! 우리, 함께 만나자."

어린이와 어른, 모두를 위해 만든 책

정문규 (시인, 창평고 교사)

    우리에게 아름다운 자연이 있다는 것은 큰 축복이 아닐 수 없다. 이 아름다운 자연을 진정으로 아름답게 만드는 것 중의 하나가 바로, 생명의 근원인 '물' 이다.

    물이 될 수 있게 하는 것들은 많이 있지만 그 중 특별한 것은 '비' 다. 비는 하늘의 마음을 땅에 전해주고, 땅의 마음을 하늘에 전해준다. 비는 떨어질 때는 각자 따로따로이지만, 지상에 입맞춤을 할 때는 하나가 된다. 비와 비가 만나서 하나가 되고, 또 하나하나가 모여 샘물이 되고, 냇물이 되고, 강물이 되어 손잡고 어깨동무하며 바다로 흘러간다. 비는 지상 만물을 촉촉이 적셔 숨쉬게 하고, 다시 하늘로 아롱아롱 아지랑이 춤추며 올라간다.

    비는 아빠가 우산을 들고 마중 나오게 하고, 엄마가

파전을 부치게 하며, 신발장의 장화가 산책 나오게 한다. 비는 새싹들의 기지개를 쭉 켜게 하고, 물방울의 합창을 듣게 하고, 우리들 추억의 가슴을 설레게 한다.

여기 실린 작품들을 대하노라면 양철지붕에 떨어지는 빗방울의 실로폰 연주를 듣게 되고, 잔잔한 강물 위를 헤엄치는 오리도 되며, 연잎 위를 미끄럼틀 타는 물방울도 된다. 싸움을 좋아하는 거친 성격의 친구들은 부드러운 마음을 지니게 되고, 욕심 많은 친구들은 배려하는 마음을 갖게 된다. 더욱이 비의 마음을 알게 되어 마음 호수에 고요한 떨림이 일어나고, 생동감 넘치는 삶을 살게 한다.

여기 유명한 시인들의 작품을 통해서 자연과의 조화로운 삶을 터득하고, 물뿌리개 하늘을 바라보며 함께 단비 맞는 기쁨을 누려보도록 하자.

어린이는 물론 어른과 함께 읽을 수 있어 더욱 즐거움을 더해주는 책, 읽으면 읽을수록 행복한 책을 자신 있게 권합니다.

시가 내 귀에 노랫소리처럼 들려요

소연정 (일러스트레이터)

처음 시를 받았을 때 소리 내어 읽어보았어요. 차 마시면서도 읽고, 화장실에서도 읽고. 우리 집 고양이들에게도 읽어주었어요. 특히 화장실에서는 소리가 울려서 제법 근사하게 들리던걸요. 그림을 그리기 전에도 그림을 그리다가도 읽어보았고요. 그림을 다 끝마치고도 그림을 바라보며 소리 내어 읽어보았습니다.

그런데 읽을 때마다 다른 소리가 들리는 거예요. 어느 때는 개구쟁이 같은 목소리가 들렸고, 어느 때는 새침떼기 같은 목소리가 들렸어요. 똑같은 시를 읽는데 말이에요. 또 다정한 목소리인 때도 있었고, 쓸쓸한 목소리인 때도 있었어요. 그럴 때는 시도 그렇게 느껴졌습니다.

어느 날 친구와 이야기하다가 시의 한 구절이 나도 모르게 삐죽 나오는 걸 알았어요. 새싹처럼요. 친구는 눈

눈치 채지 못했지만 난 그만 피식 웃고 말았습니다. 사실 어른도 말을 배워야 해요. 그렇지 않으면 마음과 생각을 표현할 수 있는 말이 적어지거든요. 시인이 쓰는 말을 쓰니 내가 싱싱해지고 고와지는 거 같았어요. 시인이 보는 세상을 나도 잠시 들여다보았다고나 할까.

시에 그림을 그리는 일은 정말 즐거웠습니다. 저도 시인처럼 비를 새롭게 바라보려고 했고요. 이왕이면 비의 촉촉한 촉감이나 토독거리는 소리 같은 다양한 느낌까지 담아보려고 했습니다. 무엇보다도 제 즐거움이 전해졌으면 좋겠고요. 이 책을 읽는 친구들이 저처럼 시를 읽는 즐거움에 푹 빠졌으면, 시를 보는 즐거움까지 더해졌으면 하는 소망을 잔뜩 담아봅니다.

*대학에서 서양화와 판화 전공. 쓰고 그린 그림책 『아빠의 꽃다발』과 그린 책 『똥 치우는 아이』『어여쁜 여우누이』『할 수 있어, 사미르』『긍정적 가치를 일깨워주는 멘토』『교과서 전래 동요』 등 다수.

강소천 1916년 함남 고원 출생. 1939년 〈동아일보〉에 「돌멩이」 「토끼 삼형제」
　　　　발표. 1941년 첫 동요시집 『호박꽃 초롱』 출간. 1963년 5월 작고. 1981
　　　　년 『강소천 문학 전집』 15권이 출간됨.

권오삼 1943년 경북 안동 출생. 1975년 〈월간문학〉 신인상 수상. 1976년 소년
　　　　중앙문학상 수상. 방정환문학상 수상. 동시집 『물도 꿈을 꾼다』 『고양
　　　　이가 내 뱃속에서』 외.

권오순 1919년 황해도 해주 출생. 1937년 〈소년〉에 동화를 발표하며 문단에
　　　　데뷔. 서싹문화상 공로상, 이주홍 아동문학상 등을 수상했다. 동시집
　　　　『가을ㅅ비』, 동화 「구슬새」 「그림보다 고운 아침」 「가을호수」 등이 있
　　　　다. 1995년 세상을 떠났다.

권태응 1918년 충북 충주 출생. 서울 제일고등보통학교를 거쳐 일본 와세다
　　　　대학에서 공부. 1948년에 동요집 『감자꽃』을 냈다. 1951년 33세로 세
　　　　상을 떠났다. 지은 책으로 『감자꽃』 『귀뚜라미와 나와』 『또랑물』 등이
　　　　있다.

김경문 1954년 전남 해남 출생. 1990년 월간아동문학상 신인상 수상. 1992년
　　　　전남 아동문학상 수상. 1993년 〈시세계〉 신인상 수상. 동시집 『쇠똥구
　　　　리』 등. 시집 『우리 동네 사람들』 외.

김미영 1964년 경기도 평택 출생. 1995년에 수원문학상 신인상 수상, 1999년에
　　　　아동문예문학상 수상. 아동문예작가회, 한국문인협회 회원으로 있다.

김사림 1939년 일본 오사카 출생. 문예지 〈자유문학〉에 「대지의 소나타」 등
　　　　의 시를 추천 받아 등단했다. 동시 작가로도 활동하여 김요섭 등과 함
　　　　께 '동시인' 동인을 결성하였고, 제7회 세종아동문학상을 받았다. 경
　　　　원대학교 교수를 지냈으며, 1987년 세상을 떠났다.

김용섭 충북 진천 출생. 〈월간 아동문학〉 〈문학공간〉 등의 신인상 당선을 통
　　　　해 문단 활동 시작. 동시집 『산여울 강여울』 『봄을 그리는 수채화』 『꼬

마물떼새」 등이 있고, 동화집 『학소리의 아이들』 등이 있다.

김은영　1964년 전북 완주 출생. 1989년 〈동아일보〉 신춘문예에 동시 당선. 동시집 『빼앗긴 이름 한 글자』『김치를 싫어하는 아이들아』. 10년 넘도록 작은 시골 학교에서 아이들을 가르치고 있음.

김종상　1935년 안동 출생. 1960년 〈서울신문〉 신춘문예에 동시 「산 위에서 보면」 당선. 대한민국문학상, 이주홍문학상 수상. 동시집 『어머니 무명 치마』『흙손 엄마』『어머니 그 이름은』 등.

노원호　경북 청도 출생. 〈매일신문〉〈조선일보〉 신춘문예에 동시가 당선되어 작품 활동 시작. 대한민국 문학상, 새싹문학상, 세종아동문학상, 방정환문학상 등을 받았다. 동시집 『바다를 담은 일기장』『아이가 그린 가을』, 동화집 『자유의 새』『할아버지와 참새』 등이 있고, 현재 사단법인 새싹회 상임이사로 활동하고 있다.

박경종　1933년 「왜가리」가 〈조선중앙일보〉에 입선되면서 문단에 데뷔. 지은 책으로 『초록 바다』『다람쥐 장수』『왜가리 할아버지』 등이 있다.

박두순　경북 봉화 출생. 동시집 『망설이는 빗방울』 등과 시집 『행복 강의』 등. 소천아동문학상, 박홍근 아동문학상, 동리문학상 등을 수상했다.

박목월　1916년 경남 고성 출생. 1939년 문예지 『문장』에 시가 추천되어 등단. 시집 『청록집』『경상도가랑잎』『무순』 등. 1978년 작고.

백석　본명 백기행. 1912년 평북 정주 출생. 1935년 〈조선일보〉에 「정주성」을 발표하면서 등단했고, 1936년 첫 시집이자 유일한 시집인 『사슴』을 펴냈다. 해방 이후 고향에 머물다 1995년 사망한 것으로 알려짐.

서정춘　1941년 전남 순천 출생. 1968년 신아일보 신춘문예로 등단하여 작품 활동 시작. 시집으로 『죽편』『봄, 파르티잔』이 있다.

신천희　〈아동문예〉 신인상 수상. 녹색문학상 당선. 동시집 『달님이 엿보는 일기장』『밤하늘 엿보기』『달을 삼킨 개구리』 외 다수

신형건 1965년 경기도 화성 출생. 1984년 〈아동문예〉 신인문학상, 새벗문학
상에 동시 당선. 대한민국문학상, 한국어린이도서상 수상. 동시집 『바
퀴 달린 모자』 『네가 보고 싶어』 『거인들이 사는 나라』

심후섭 1951년 경북 청송 출생. 〈월간문학〉 〈새벗〉에 동화 당선. 〈대구매일신
문〉 신춘문예에 동화 당선. MBC 창작동화대상 수상. 동화집 『도깨비
방망이의 행방』으로 한국아동문학상 수상.

어효선 1925년 서울 출생. 「파란 마음 하얀 마음」 「꽃밭에서」 「과꽃」 등 수많
은 동요와 동시, 동화들을 지었다. 소천 아동 문학상, 대한민국 문학
상 등을 수상했다. 동요 동시집 『봄 오는 소리』 『인형 아기 잠』, 동화
집 『종소리』 『이상한 일기책』 등이 있다.

양인숙 〈아동문학평론〉 신인상에 동화가, 〈조선일보〉 신춘문예에 동시가 당
선되었다. 제10회 화순문학상 등을 수상했으며, 펴낸 책으로 동시집
『웃긴다 웃겨 애기똥풀』, 장편동화 『담장 위의 고양이』 등이 있다.

유희윤 충남 당진에서 태어나 2003년 〈부산일보〉 신춘문예에 동시 〈사다리〉가
당선. 지은 책으로 동시집 『내가 먼저 웃을게』 『하늘 그리기』가 있다.

윤동주 1971년 북간도에서 태어나 용정에서 중학교를 졸업. 연희전문학교(현
연세대학교) 문과를 거쳐 1942년 봄 일본으로 건너가 동경 입교대학
영문학과에 입학했으나 한 학기만 다니고 같은 해 가을, 교토 도시샤
대학 영문학과로 옮김. 1943년 여름, 방학을 맞이해 고향에 가려고 차
표까지 사 놓았지만 7월 14일 고종 송몽규와 함께 독립운동 혐의로 체
포되어 이듬해 봄 징역 2년을 언도받고 규수 후쿠오카 형무소에서 복
역. 1945년 2월 옥사 이후 유고시집 『하늘과 바람과 별과 시』 출간.

윤석중 1911년 서울 출생. 대한민국문학상, 세종문학상, 제8회 대한민국동요
대상 공로상, 2003년 금관문화훈장 등 수상. 「퐁당퐁당」 「어린이날 노
래」 등 총 1200여 개의 동시를 발표하였고 이중 800여 개는 동요로
만들어짐. 2003년 12월 작고.

이상교 1973년 〈소년〉 지에 동시 추천. 1974년 〈조선일보〉 신춘문예에 동시가, 1977년 〈조선일보〉, 〈동아일보〉에 동화 당선. 동화집 『옴광집 루상이』 『술래와 아기별』 『과자 딱 한 봉지』 동시집 『나와 꼭 닮은 아이』 등.

이성자 전남 영광 출생. 〈아동문학평론〉에 동시 부문 신인상 수상. 〈동아일보〉 신춘문예, 〈어린이문화〉 신인상에 당선. 계몽사아동문학상, 눈높이아동문학상 등 수상. 동시집 『너도 알 거야』

이종택 『죽은 자와 산 자』를 비롯한 영화 각본 100여 편을 남긴 작가. 동시집 『별똥별』 『사과와 어머니』 『새싹의 노래』 『바다와 어머니』 등.

이준관 1949년 전북 정읍 출생. 1971년 〈서울신문〉 신춘문예 동시 당선. 1978년 동시집 『크레파스화』 발간.

이혜영 1957년 충북 옥천 출생. 1997년 아동문예문학상으로 문단에 나왔고, 1998년 계몽아동문학상과 2001년 은하수문학상 신인상을 받았다. 동시집으로 『햇살과 아이들』 『연둣빛 나라』 『아빠는 한 걸음 뒤에』 등.

이희철 1922년 철원 출생. 1961년 〈서울신문〉 신춘문예를 통해 등단. 초등학교에서 27년 간 선생님으로 재직하다 교장선생님으로 정년퇴임했다. 지금은 세상을 떠났지만, 『바람개비』 『굉덕이와 구렁이』 등의 책을 남겼다. 제10회 한국아동문학작가상, 제5회 인천문학상 수상.

전병호 충북 청주 출생. 〈동아일보〉 신춘문예와 소년중앙문학상에 동시가, 〈심상〉 신인상에 시가 각각 당선되었으며, 제37회 세종아동문학상을 수상했다. 동시집 『들꽃초등학교』 『꽃 속의 작은 촛불』 등이 있다. 현재 초등학교 교장으로 일하면서 계간 〈아동문학평론〉과 〈동화읽는가족〉 기획편집 위원으로 활동하고 있다.

정문규 전남 화순 출생. 2001년 계간 〈문학춘추〉에 동시로 등단. 시집 『그대가 행복했으면 좋겠습니다』. 동시집 『춤추는 지구본』.

정지용 1902년 충북 옥천 출생. 일본에서 유학하던 중 1926년 잡지 〈학조〉에
「카페.프란스」로 등단했다. 한국전쟁 중 납북되어 이후 행적은 알지
못하나 북한이 최근 발간한 『조선대백과사전』에 1950년 9월 25일 사
망했다고 기록되어 있다. 『정지용시집』과 『백록담』 『지용시선』 등 시
집과 『지용문학독본』 『산문(부역시)』 등 산문집을 남김.

한선자 1968년 인천 강화 출생. 2007년 동시 「단골」 외 12편으로 제5회 푸른
문학상을 수상하며 작품 활동을 시작했다.

한현정 2002 〈대구매일신문〉 신춘문예 동시 당선. 한국동시문학회, 대구아동
문학회 회원.

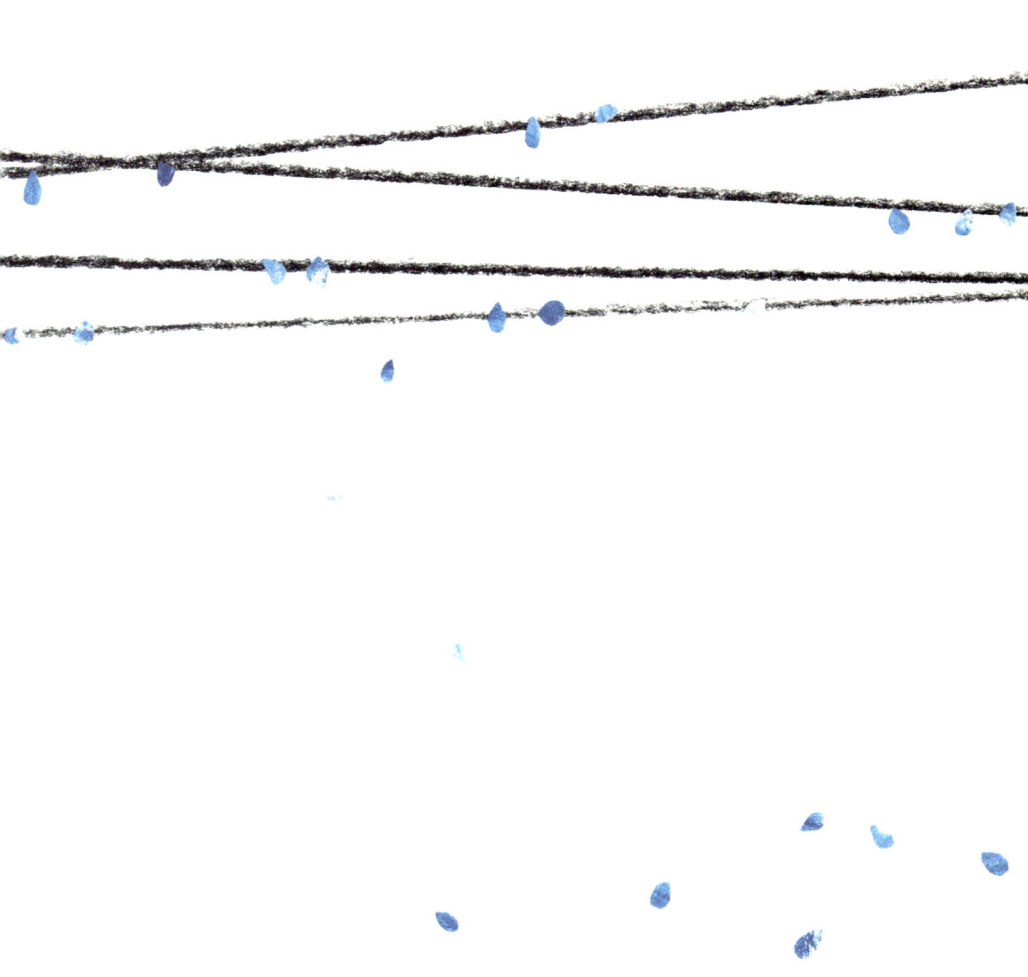

「꽃비—김사림」「꽃모종—권태웅」「첫 봄비—권오순」
「물뿌리개 하늘—김용섭」「비 오는 날—유희윤」「초가집 낙숫물—이희철」
「비 오는 날—심후섭」「우산 고르기—한선자」「엄마와 둘이—양인숙」
「붙어서 가자—이종택」「하느님에게—박두순」「무지개—박경종」에 대해서는
미처 작가의 소재를 알지 못했습니다.
연락 주시면 고맙겠습니다.